詩物招領

洪唯馨詩集

致讀者：

這是屬於我的青春手札
憑著一顆易感動的心
在紙上盡情揮灑我的情感

洪唯馨

詩情畫意，好青春

十五歲的少女應該是什麼樣子？做什麼樣的事情？是對於未來充滿嚮往，還是忙碌穿梭在課本考卷之中？唯馨和同齡的夥伴不一樣，除了拿起教科書做好學生本分，還不忘情創作，寫下一首又一首充滿想像的詩作。

青春期特有的煩惱與喜悅，常常讓少年有話不知何處說，兒盟開辦專屬少年的「踹貢少年專線服務」，聆聽少年的煩惱喜悅，發現多數孩子有著情緒困擾、人際問題、親子關係不佳、課業壓力大等煩惱，需要陪伴度過這段矛盾的青春時光。唯馨的詩作反應了同代同儕的感受，

從令莘莘學子深有同感的課業壓力、青春期煩惱，到逐漸察覺成人世界的複雜，而讀者也從文字中看到畫面，感受作者想傳達的心情。

詩集平易近人，可讀性高，而內頁編排亦十分用心，阿管小姐的插畫充滿童趣，與詩作互相呼應，讓這本詩集對讀者更具吸引力，推薦給孩子們共同分享青春的滋味，也推薦給大人們，一起回顧曾經走過的青春歲月。

兒童福利聯盟文教基金會 執行長

陳麗如

目錄

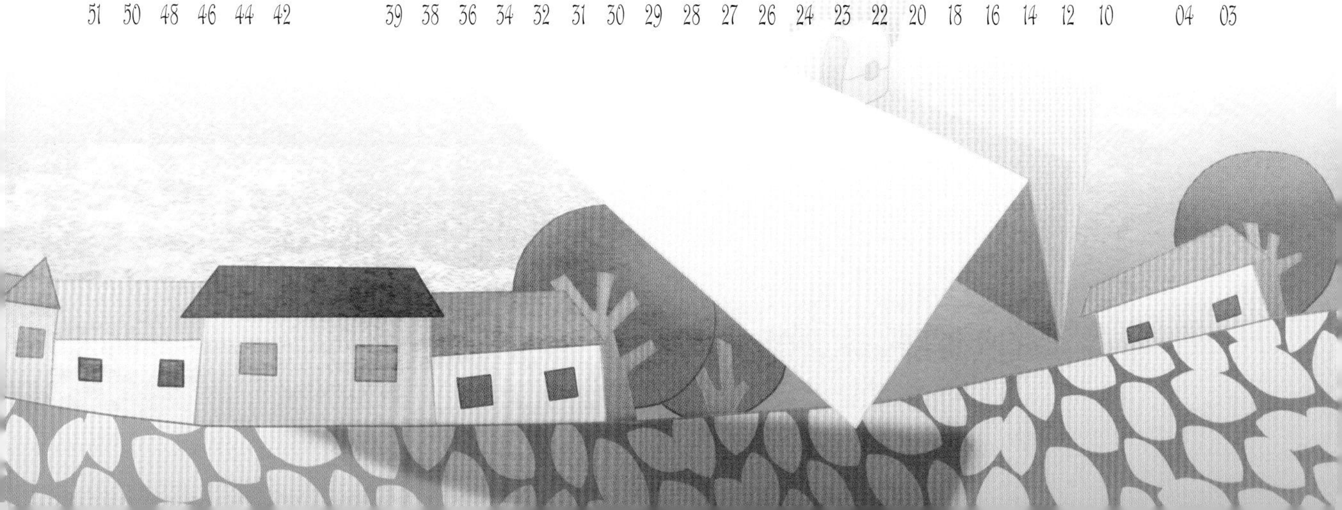

輯三

晴天娃娃

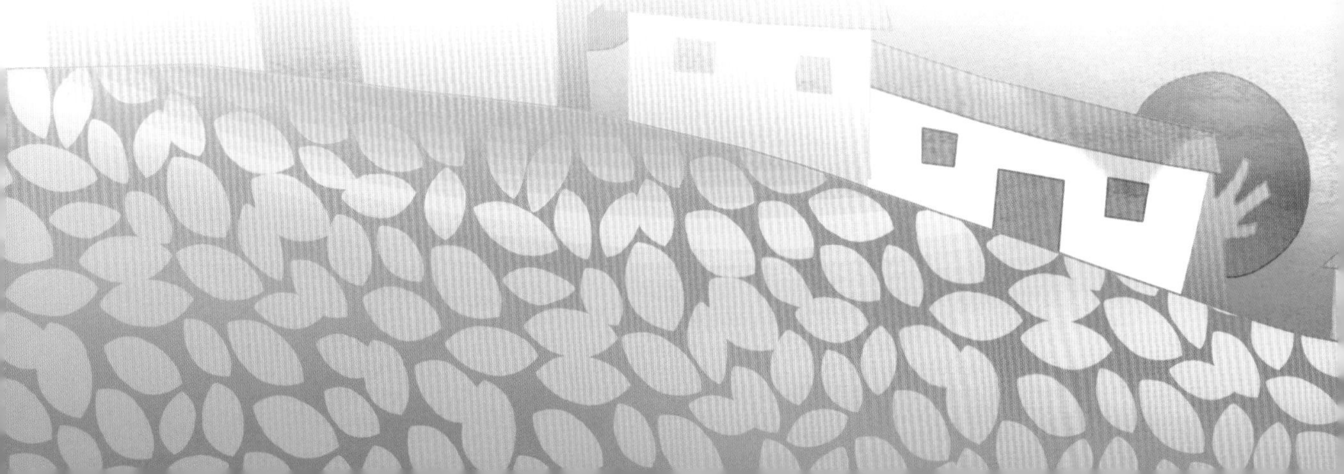

輯一

似我

生物課

外面的天氣
毛毛雨
枯枝輕輕向我揮手
催眠我
雨在我耳邊呢喃
安撫我
遺傳學的 X 與 Y
將黑板編織成花俏的布

外面的盲蛛似乎很羨慕
我的眼皮愈來愈沉重
好像所有字都站在我的眼皮上
當我的靈魂即將被吸出肉體時
下課的鐘聲將它敲回我的肉體

註：本文曾刊登於二〇一二年六月六日《國語日報》青春版。

回憶

還記得嗎？
那被釉綠黃金葛
爬滿的緋紅小屋
所有的東西
都被黃澄澄的太陽晒得
醉醺醺
暈陶陶
那些我們共同的鮮豔回憶

玻璃色的彈珠中
似乎還保有
十年前灰濛濛雨天的記憶
孩提時代摺的紙飛機
載著滿滿的回憶
飛回未來 我的手裡

註：本文曾刊登於二〇一二年十一月六日《國語日報》青春版。

考卷

外面的天氣
陰天
雲沉重的快要掉下來
書桌上的考卷
老師紅色的眉批有如傷口
血流不止

我的心情
沉重
為考卷擔憂
白綿綿的繃帶與外面的雲一樣多
卻都染上鮮紅
我用耐心的藥將它塗抹
三日後
終於止血

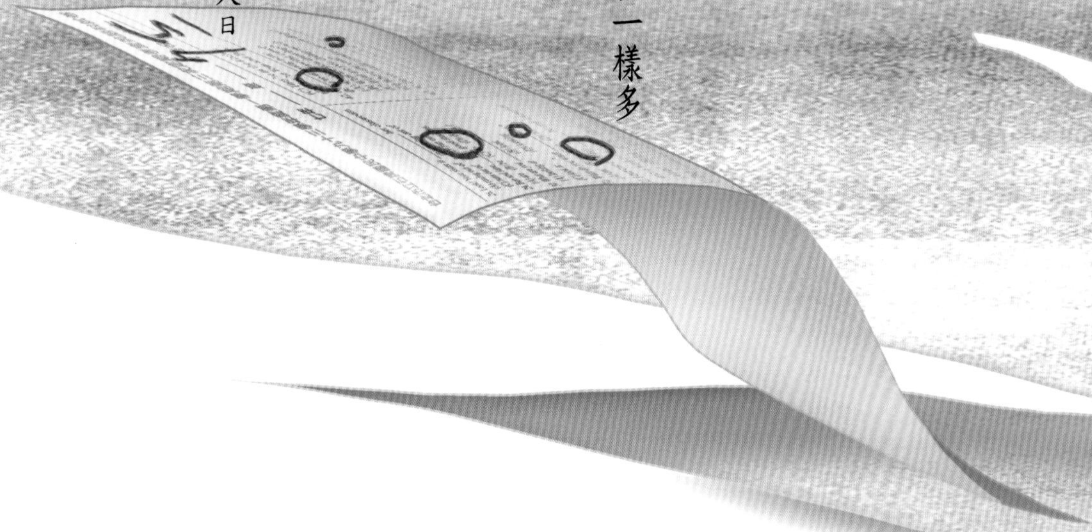

註：本文曾刊登於二〇一三年三月八日《國語日報》青春版。

城市

令人眩目的聚光燈
照耀著這昏暗的城市
滿桌的微波食品
卻擠不出絲毫的愛
眼睛
深邃的黑
流露出的
是無盡的絕望

行人穿梭於路上
死氣沉沉
時間滴答被活埋
在這恐怖的城市
我正視著孤獨

大人vs.小孩

晚上八點的生物時鐘響起
大人的眼睛定格在八點檔的肥皂劇
就算天上下起糖果雨
他們仍不願花一秒鐘離開
那會發光的紙箱子

我想
與自己心愛的人
騎著旋轉木馬去拜訪美人魚小姐
比送亮晶晶的石頭
浪漫多了

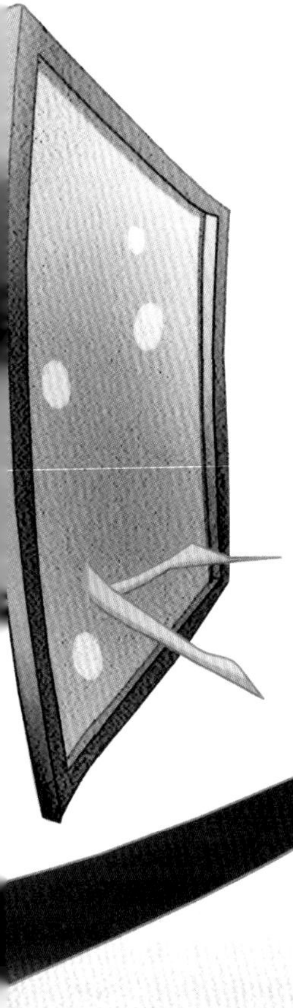

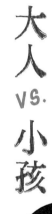

他們到底怎麼想
我不知道
也不想知道
回來吧
與小孩在漫天的星星下
說荒唐

羞

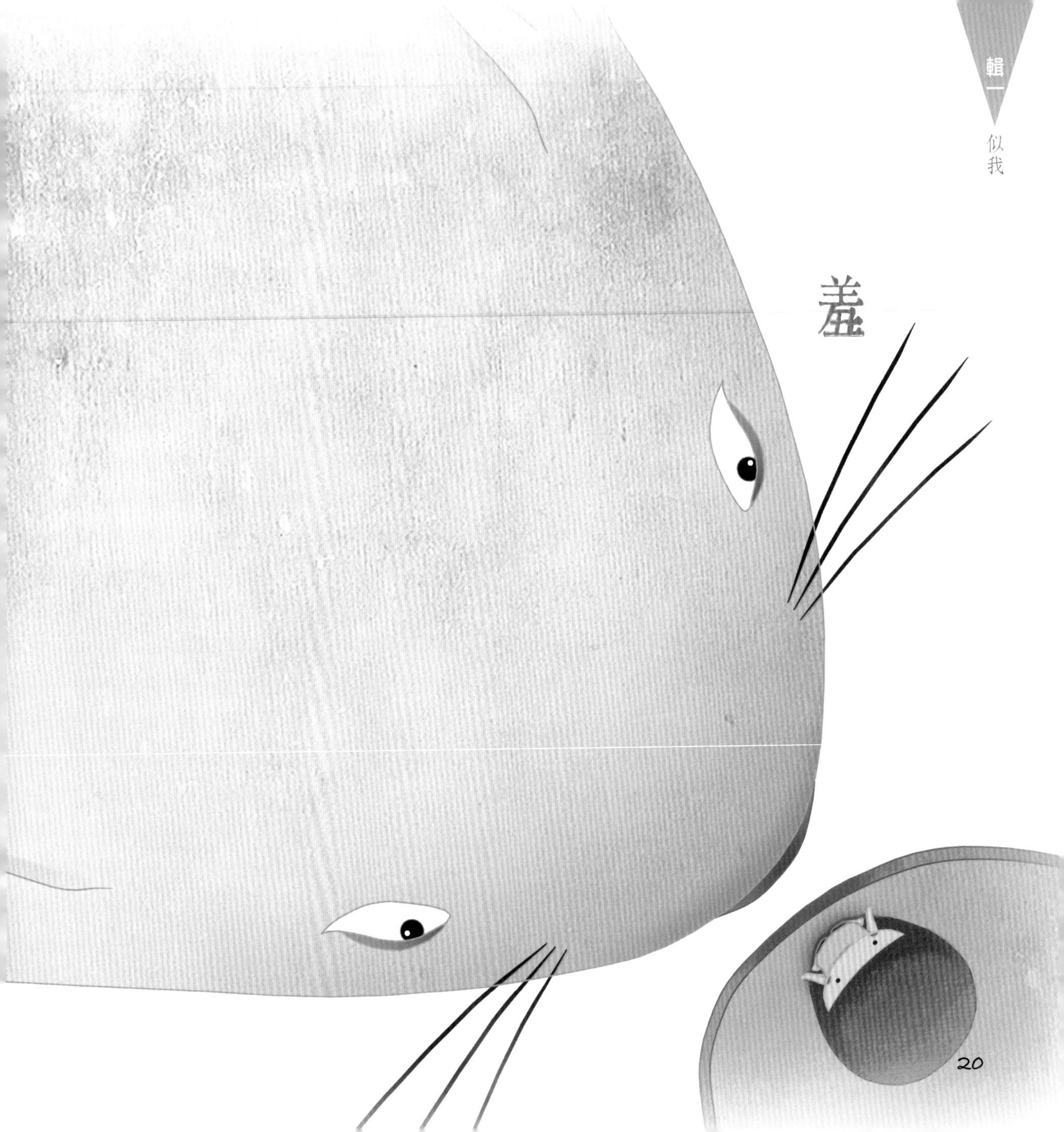

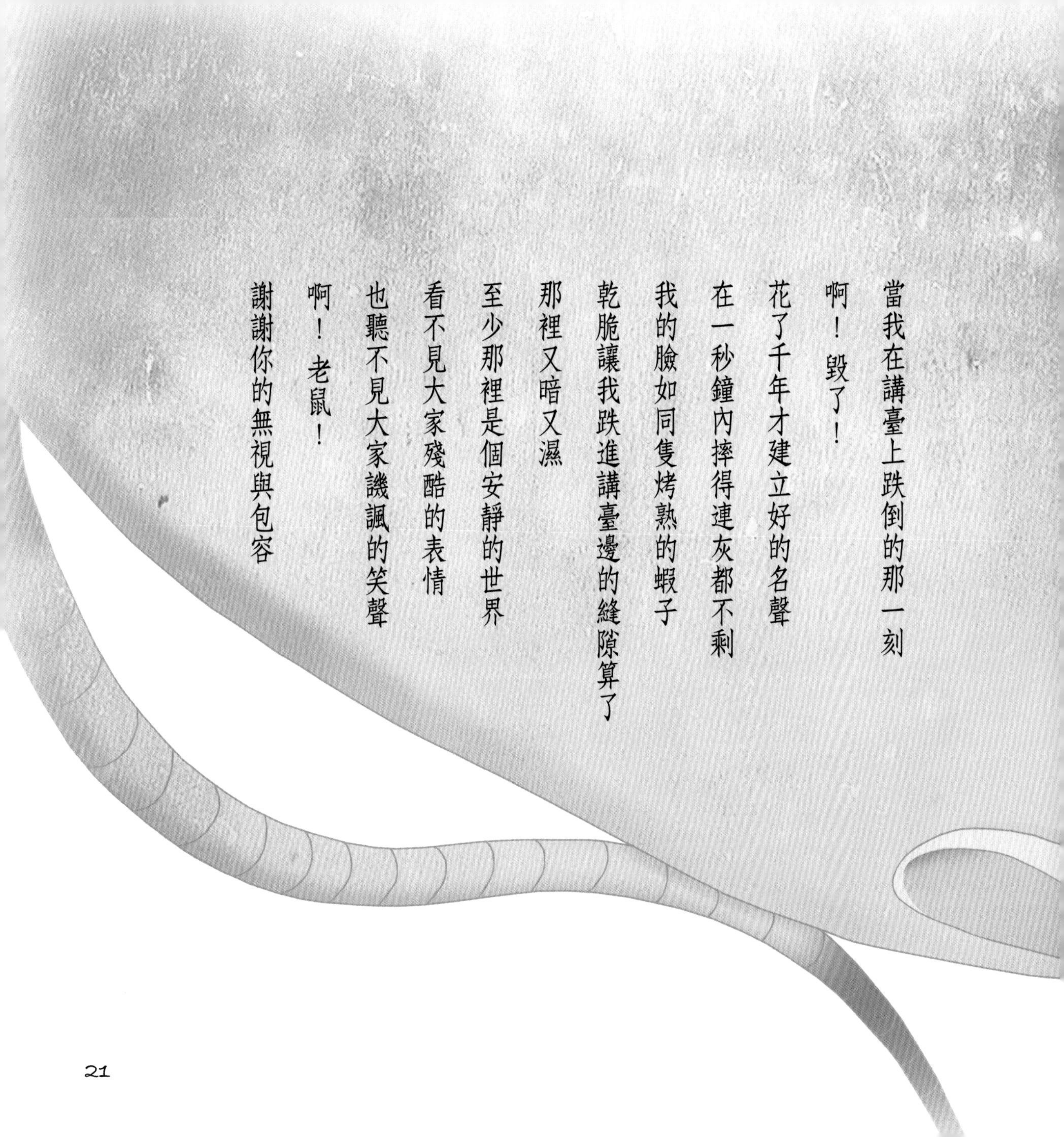

當我在講臺上跌倒的那一刻
啊！毀了！
花了千年才建立好的名聲
在一秒鐘內摔得連灰都不剩
我的臉如同隻烤熟的蝦子
乾脆讓我跌進講臺邊的縫隙算了
那裡又暗又濕
至少那裡是個安靜的世界
看不見大家殘酷的表情
也聽不見大家譏諷的笑聲
啊！老鼠！
謝謝你的無視與包容

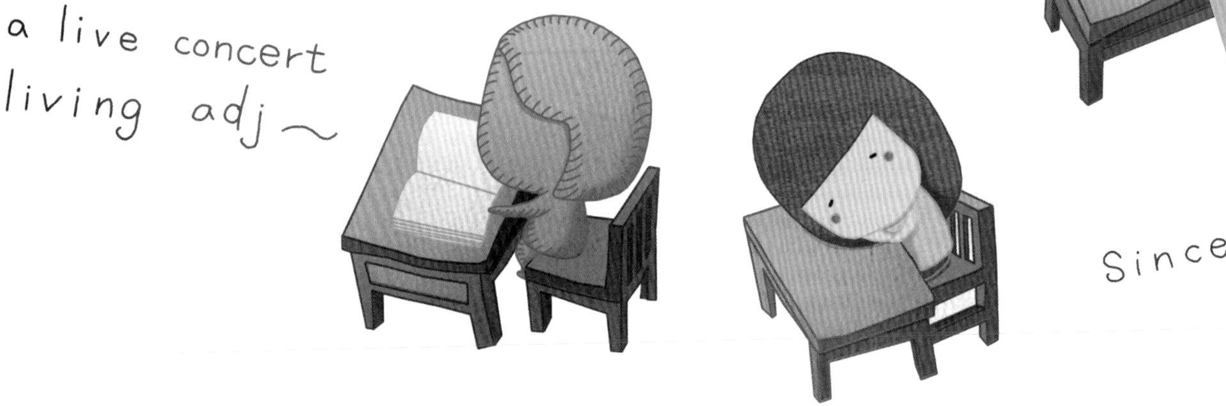

英文課

乏味的ＡＢＣ飄浮於空中
無盡的文法在黑板上快速變換著
老師標準的英文
迴盪在耳裡
猶如難聽的搖籃曲
想睡又睡不著
大家飛快的抄著筆記
不動如雕像
在這停止的時間中
度一秒如一年
我只求鐘聲快打
用我的英文課本

V+to V / V-ing

人+{have / has} +Vp.p.

眠

四散的粉筆灰
漫無目的的飄著
老師在臺上賣力講課
想像自己是個演說家
學生安穩的鼾聲
正在與螞蟻對話
班長帶隊！
全班去周公的屋子裡
泡茶 聊天
鑽研課本外的
大道理

自由

白綿綿的雲
灑上黃澄澄的陽光
用扶疏的枝葉
串成巨大的棉花糖
看起來真美味
五彩的葉飛舞於湛藍的天
如池塘中優游的魚
青色的鳥邀我遨遊於空
卻被無情的書海
牢牢困住

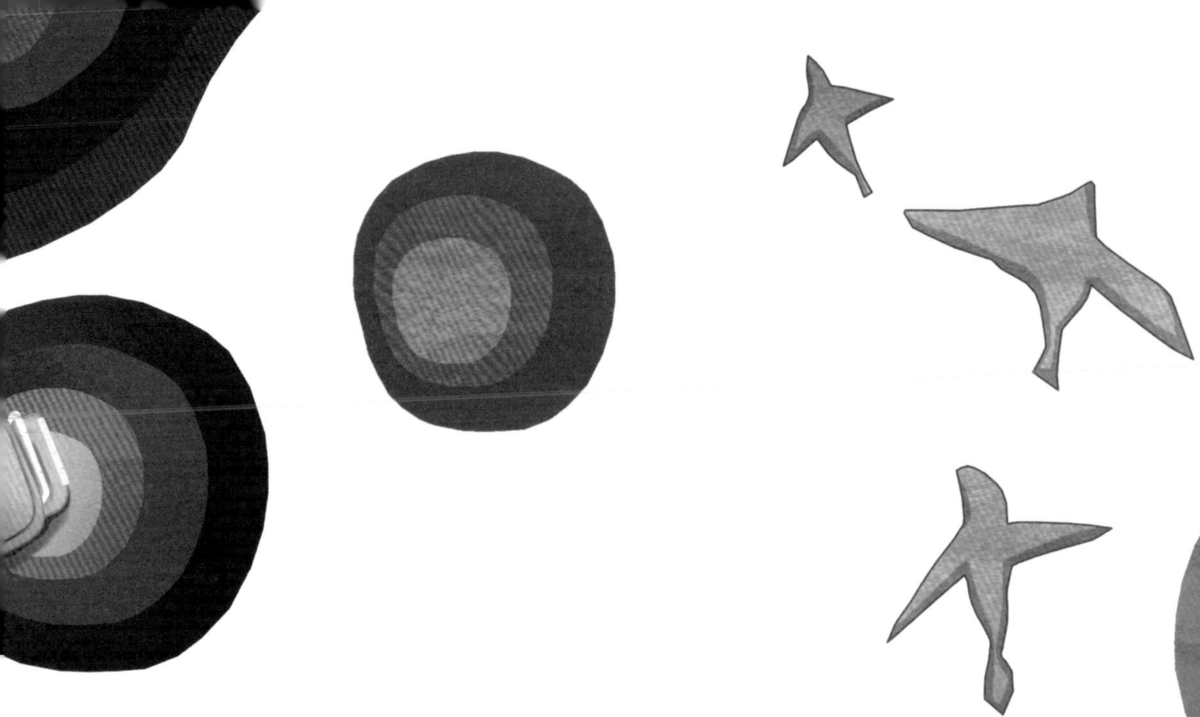

煩

繁重的白雲
壓在心頭上
悶悶的
一捆捆的溼氣砸向我的眼
飛散是眼淚的無奈
燕兒不安的飛
在逃避一整天空的牢騷
悲傷的機車
疾駛過汙穢的水
濺起波波的不滿

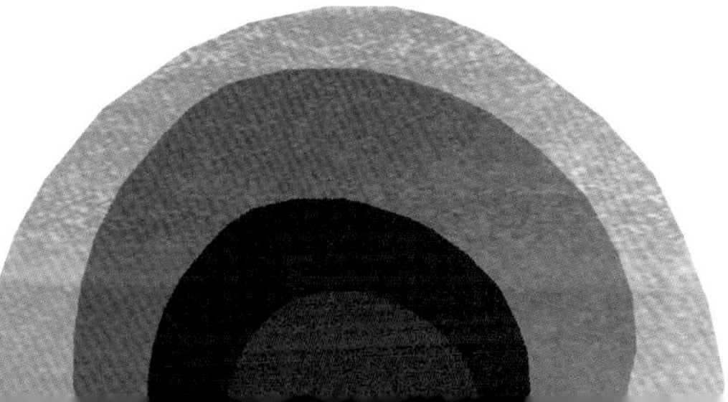

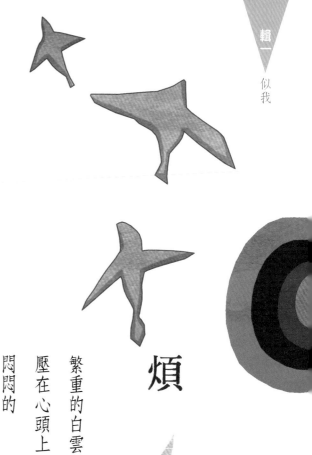

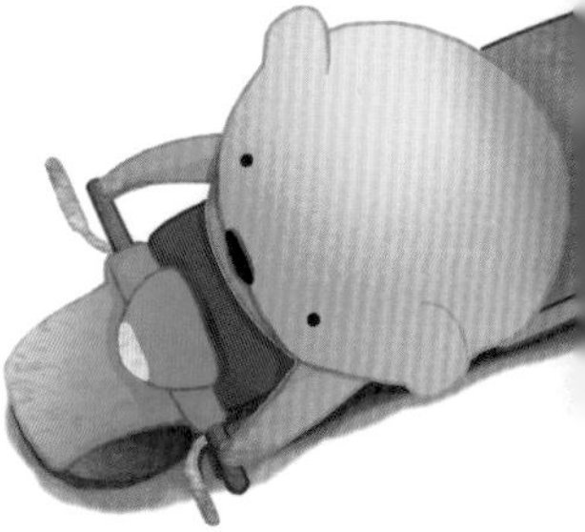

悲憤

自從眼淚潰堤的那一刻起
迷人的臉龐就變了調
瘋狂指揮著失序的樂團
使頭髮手忙腳亂
悲傷與憤怒共鳴
合成一首荒涼的變奏曲
我想回去找尋悲傷的痕跡
卻早已被憤怒的洪流淹沒
誰能幫我擦乾氾濫的淚
並輕柔的對我說：
「一切都會沒事的！」

世界

細聽　冷酷世界的呼喊
豔花　最終　凋零
烈日　最終　西沉
存在於這世界的情感
繫著他們的　比髮絲還要脆弱
自古以來黑白之爭
將人們弄得疲憊不堪
黑白的交手
使世界變成醜陋的灰
大人們催促我要我選邊站
畏懼的我
獨自在
黑暗的角落
擲著無點的骰子

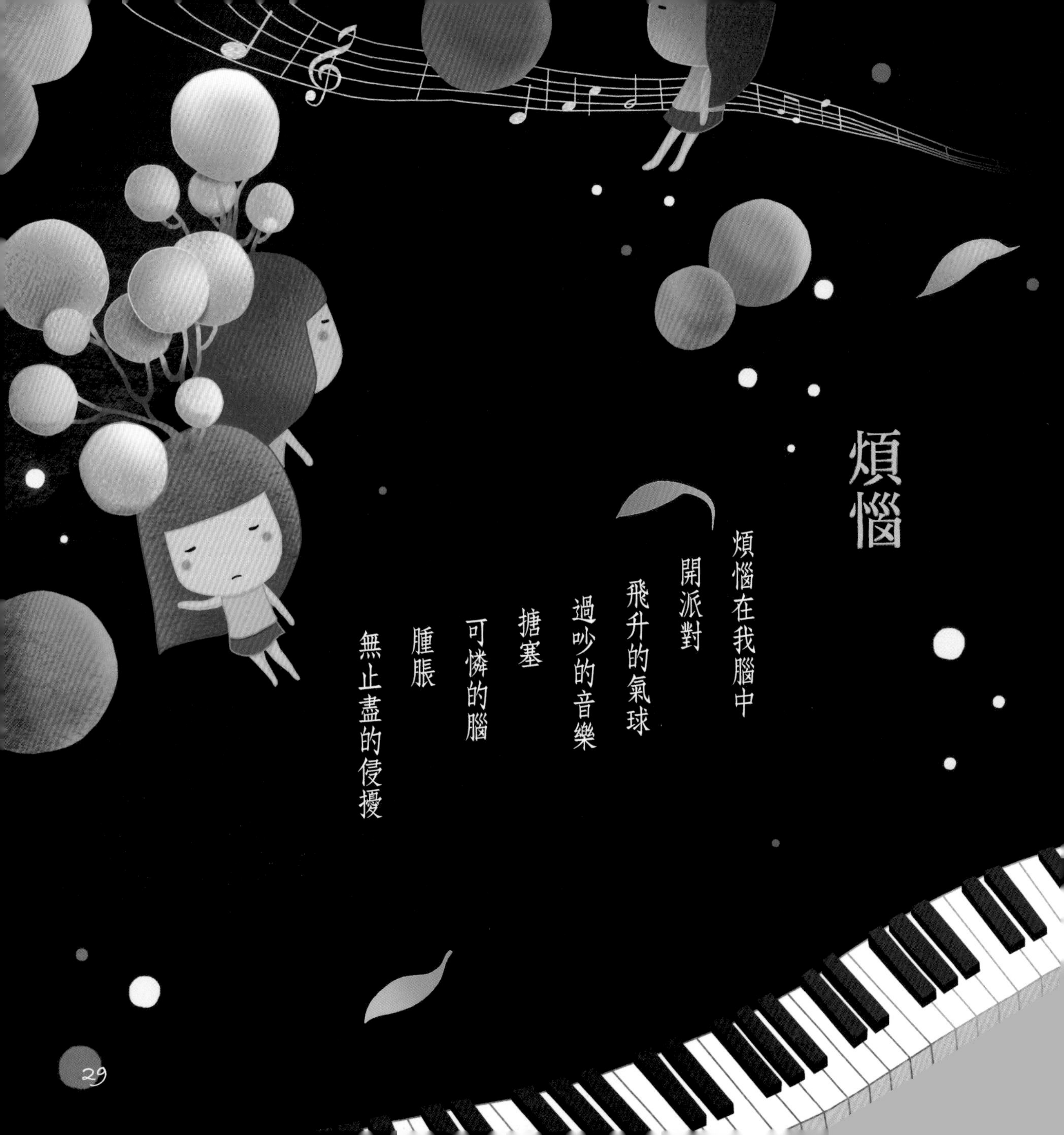

煩惱

煩惱在我腦中
開派對
飛升的氣球
過吵的音樂
搪塞
可憐的腦
腫脹
無止盡的侵擾

未來

未來的路
被濃濃的霧遮住
未知的恐懼
一把按住探索的好奇
我推著時針
求它往回走
它卻頭也不回的飛走
人們要我向未來疾奔
我卻呆愣在過去
把頭別向後方
一整片五彩的荒蕪呀——

誘

窗外的暴風雨
不斷尖叫、咆哮
還不時伸出絕望的瘋爪
試圖把我拉進
憤恨的深淵
透明的窗戶
若有似無
風雨像是瓶中船
被消音
被禁止
被理智
軟禁

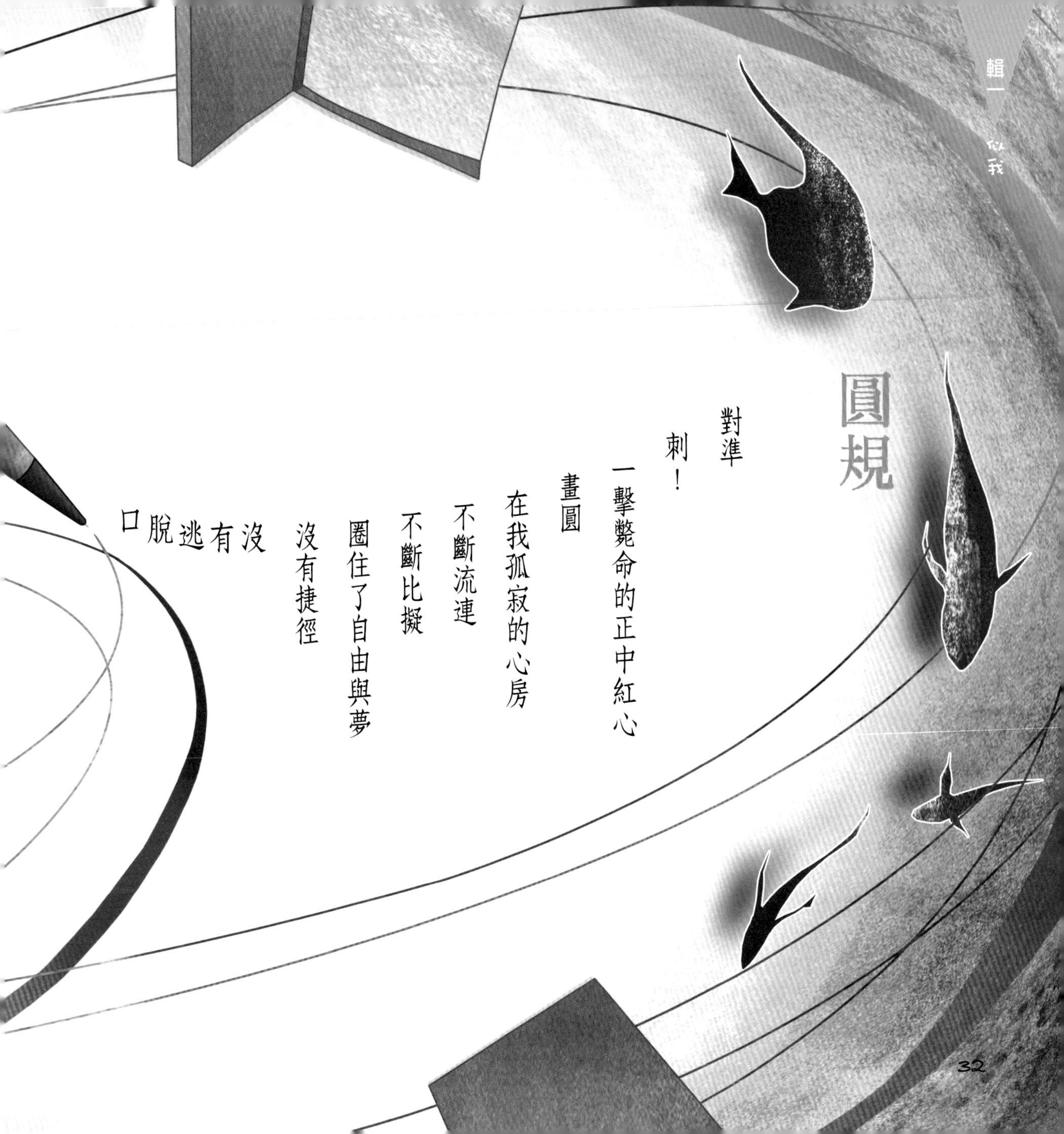

圓規

對準
刺！
一擊斃命的正中紅心
畫圓
在我孤寂的心房
不斷流連
不斷比擬
圈住了自由與夢
沒有捷徑
沒有逃脫口

顛倒

骯髒的鏡子
投射出另一個真實的我
卻顯得如此陌生
蒼白了
削瘦了
連自信也消失得無影無蹤
我的世界
隨著沙漏中的沙子
滑落到顛倒的世界
鏡子變出了虛幻的人影
也投影出我的人生

灰色世界

灰色的天．灰色的雲．灰色的水．灰色的樹
灰色的人們告訴我
「歡迎來到地獄」
正義的天秤快要崩解
兩側的黑與白
黑早已氾濫
已找不到單純的白
傷心的我
哭泣
流出的淚水
竟是潔淨的白
在這瘋狂的灰黑世界
充滿謊言、欺騙、不公的漩渦
是否還存在著讓我立足的靜之舟？

巧克力中毒

那致命的巧克力
挑逗著我的味蕾
黝黑的膚色
與夜空相襯的黑
增添了一些神祕
表面雕刻著蜿蜒曲折的圖樣
讓我徹底失去理智
墮落在你的甜蜜
就讓我的憂愁
隨著快速融化的你
消失

陽與塵

陽光偷偷從窗簾的隙縫中
跑出
聲波偷偷從老師的喉嚨裡
溢出
鼓舞著陽光與灰塵嬉戲
灰塵躲到我的鉛筆盒中
似乎是個內向的孩子
我用慈祥的目光望著他
流露出鼓勵的意志
啊！
烏雲催促著陽光回家
陽光走了……
灰塵
好傷心！

輯二
愛よ

心的溫度

心的溫度
到底有多熱
冰冷聰明的醫學儀器
說是三十七．二度C
但當人們把心中的悲傷
化作藍色淚水
哭出來
心的溫度可能直逼零下
當憤恨的淚水
源源流出
心的溫度可能超過一百度C
變成紅色的蒸氣
蒸壞了理智的腦

用盡力氣
呼喚
在人生的懸崖邊
哭著
喊著
「我要回到過去」
嘶啞的聲音
被無情的崖壁
丟來丟去
回音用悲傷的聲音說
「你不懂得珍惜！」

回音

座標之愛

在廣大的座標平面上
y＝ax＋b
串起今世的因緣
我們能在漫長的Y軸相遇
要感謝X軸零條件的付出
座標點（x，y）
細長的括號
將我們框在一起

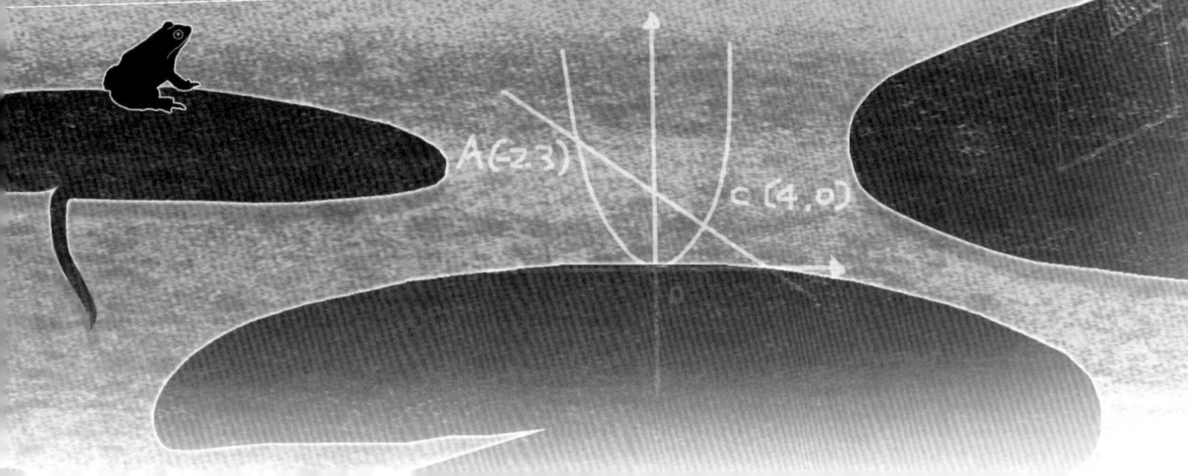

我們之間的隔閡
只有一個小小的逗號
經過二元一次聯立方程式的運算
將導出屬於我們的答案

平面圖形——線與角

線——
未來
沒有寬窄
無限延長
端點
自始至末　亦始亦末
鑲進多少回憶
線轉身尋找回憶
變成角

角——

銳角、直角、鈍角、平角、周角
緣分慢慢成形
我們是最佳夥伴

相鄰、對頂
不那麼重要
因為我們是最佳夥伴
互補　互餘

愛情生物論

使愛情瀕臨絕種的三大因素：
幸福的減少與破壞；
過度濫用信任與藉口；
外來人物的入侵。
還要保育？
是否還要保留未受汙染的感情？
啊——意外的愛情中毒，
我無法理智思考，
排出的是一堆煩惱與甜蜜！

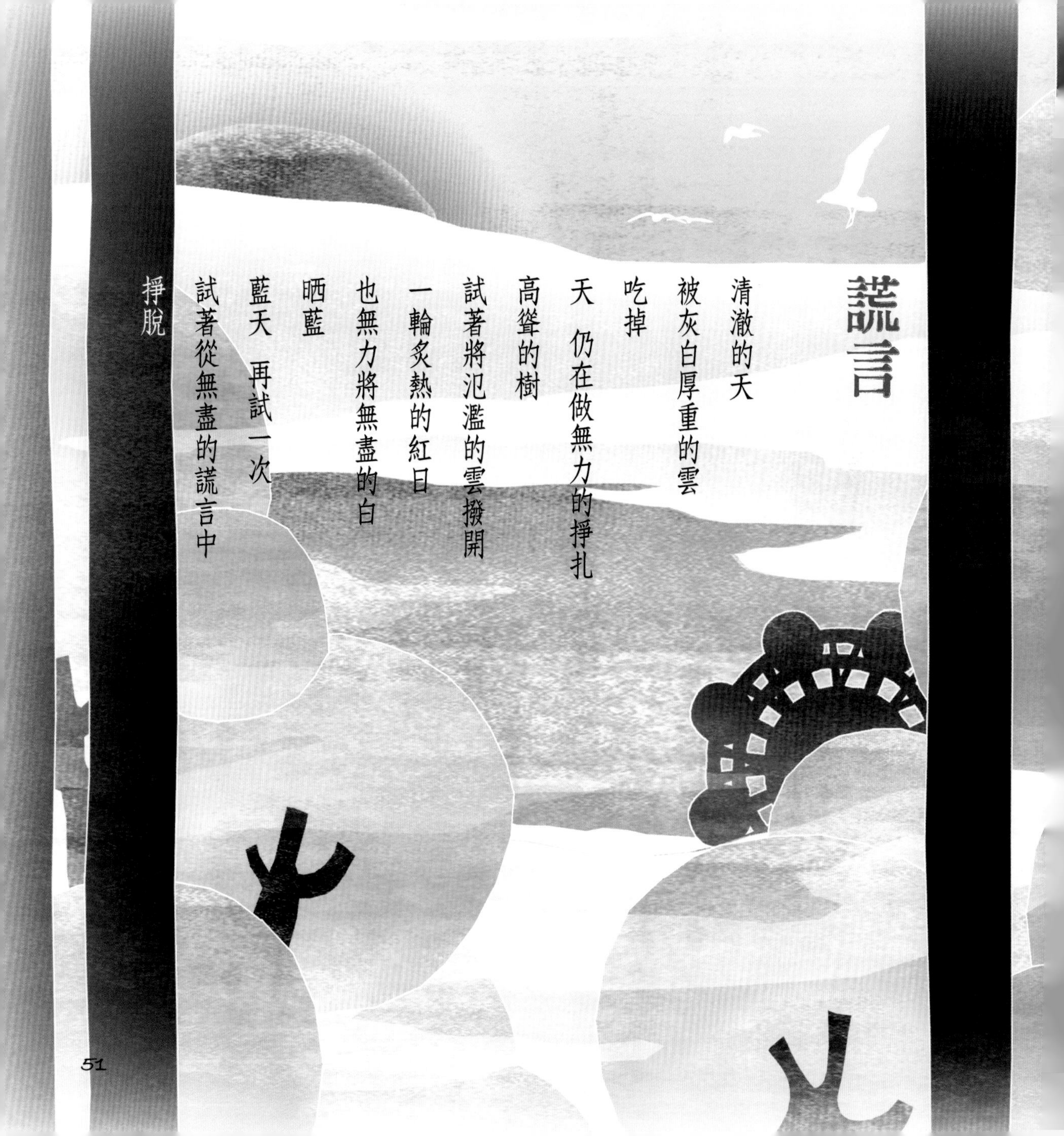

謊言

清澈的天
被灰白厚重的雲
吃掉
天　仍在做無力的掙扎
高聳的樹
試著將氾濫的雲撥開
一輪炙熱的紅日
也無力將無盡的白
晒藍
藍天　再試一次
試著從無盡的謊言中
掙脫

情誼

你曾說過
微笑是我的專利
皺著眉頭是你的權利
如今
微笑專利已過期
世界的悲傷便爬來我這裡
你拿著開朗的殺蟲劑
耐心的為我驅趕
每隻憂鬱
彷佛驚見千夜中
一絲陽光的喜悅
等我儲存了足夠的陽光
我將用微笑再次照耀你

情

黑板白粉筆
化學老師
精闢的描述
原子的關係
看來那麼簡單、固定
多線一世界
緣分猶豫的牽著
人們的關係
看來那麼複雜、多變
人的情感
怎能黑白分明？

風箏

被色彩爬滿的風箏
自信的飛上天
啊！
寒冷的冬風
不要緊
你會緊緊抓著我
啊！

炙熱的夏陽
不要緊
你會耐心的幫我擦汗
但也因一線牽掛
阻斷了似錦的前程

母親的手

妳手上的紋路
如蜿蜒的山路
我迷路在妳令人目眩的手紋裡
窺見了許多辛勞
所有粗糙的繭
證明經歷艱辛的折磨
這時都發出璀璨的光芒

微青色的血管
流著智慧的血液
我發誓
要用貼心織成的手套
溫暖這雙枯枝般的手

涙

那完美的微笑
如冰塊般冷峻
不是真的
身體的溫度
伴著稀少的希望
隨著鑽石般的涙水
閃過蒼白的臉龐
殞落
如璀璨的流星般
滑落漆黑的夜空
我才知道
一瓶子的涙水
原來是這麼溫暖

湖

是誰難過的一直哭泣？
痛徹心扉的冰冷
濃縮一宇宙的悲傷
漣漪牽著漣漪
跳著悲傷的舞曲
我的血球慌亂的游著
我該如何是好？
逃呀——
避呀——
別擔心
我永遠包容你

去愛

當心靈被悔恨的毒素
侵占
好像之前的愛
都不復存在
a=五彩的回憶
b=血紅的忌妒
a+b=無理的報復
a-b=不平衡的心
a*b=失去的理智
a/b=空虛的雙眼
那貧瘠的土壤
早已種不出
可愛的種子

憶

輕輕摘下
一球雲朵
溫柔的放在
你的耳際
用緣份的炊煙
串起了顆顆思念
密密麻麻的紙條
橘色的感情
回憶被壓縮成
陣陣哽咽
色彩粲然的記憶
正輕輕撩起我的髮絲

輯三
晴天娃娃

晴天娃娃

你那可悲的鬼影
飄蕩著
祈禱著
天氣是你的心情
陰天時
你白皙的臉蒙上一層陰霾
晴天時
你燦爛的笑著
天氣預報：明天是天氣晴朗的熱天氣
你白皙的臉添了些緋紅

收音機：明天百分之九十的機率會下雨，風大
你白皙的臉頓時蒼白

我問你需不需要吃藥
你沉默不語
當你正要開口時
卻被寒冷的北風吹落
掉落到地上
嗚——
你哭濕了明天的天氣

註：本文曾刊登於二〇一二年八月二十二日《國語日報》青春版。

時鐘

指針從不懈怠向前行
日復一日　走著同樣的路
即使徒勞
也不能阻擋你前進的腳步
滴答　滴答

外面的雨聲附和著你的節奏
在謊言的漩渦中
你仍堅定　奮力划槳
眼前湧起的浪濤阻斷你的去向
你仍無所畏懼　衝破世人的輿論
找尋名為真理的路

註：本文曾刊登於二〇一三年二月一日《國語日報》青春版。

寫景

滴·滴·滴·滴答
今晚
夜雲沉重
遮住了害羞的月亮
滴·答答答·滴
水滴清脆打在樹葉上
竹在泥濘中挺直了腰
答·答·答·滴答
溪急急訴說著古今中外的事
風呼嘯而過
滴答·滴·答答
青苔攀在石上睡覺
貓眼凌厲的掃過
遠方燈火通明處
正在上演什麼樣的故事？

書房場景

靜謐的宇宙
檯燈艷如陽
紙星星
在閃爍
天使的微笑
印在墊板上顯得虛弱
滑鼠墊裡貓咪銳利的目光
死盯著書架上的魚雕
冷氣在低語
卻無人理會
在這小小的世界
有顆行星在運行

註：本文曾刊登於二〇一三年五月十六日《國語日報》青春版。

蜜蜂

嗡 嗡 嗡
我很慶幸
我和蚊子唱著同一首生命之歌
卻有著不同的命運
人們對蚊子拳打腳踢
對我卻趨之若鶩
搶著 奪著
渴望用甜蜜填補
那日漸苦澀的心靈

天

微風徐徐
吹來了一絲曙光
扶疏的綠手
將火紅的太陽捧到最高點
陽光燦爛的笑
溫暖了靜謐的大地
橘紅色的夕陽
輕輕為天空
塗上一抹淡淡的粉光
一顆最閃耀的星星
悄悄將天空
渲染成耀眼的黑

海

潛入安恬的海
讓潔白的浪濤
輕輕擁著我
所有憂愁
隨著海水
稀釋——
稀釋——
稀釋——
消失
撲鼻而來的海香
驅趕了滂沱而下的不安

颱風

吵雜的沼面突然起了記颶風
正在唱歌的鳥兒 停止了動作
正在洗澡的鱷魚 停止了動作
正在吃飯的昆蟲 停止了動作
陽光靜靜的灑在晶瑩的露珠上
時間停止了
大家的目光聚集在這位不速之客
颶風絲毫不羞愧的跳著芭蕾
旋轉著 旋轉著
當沙漏開始有了動作
颶風卻不告而別
記憶之神將這段回憶刪除
沼澤恢復了吵雜
彷彿颶風不曾來過
地球仍持續轉動

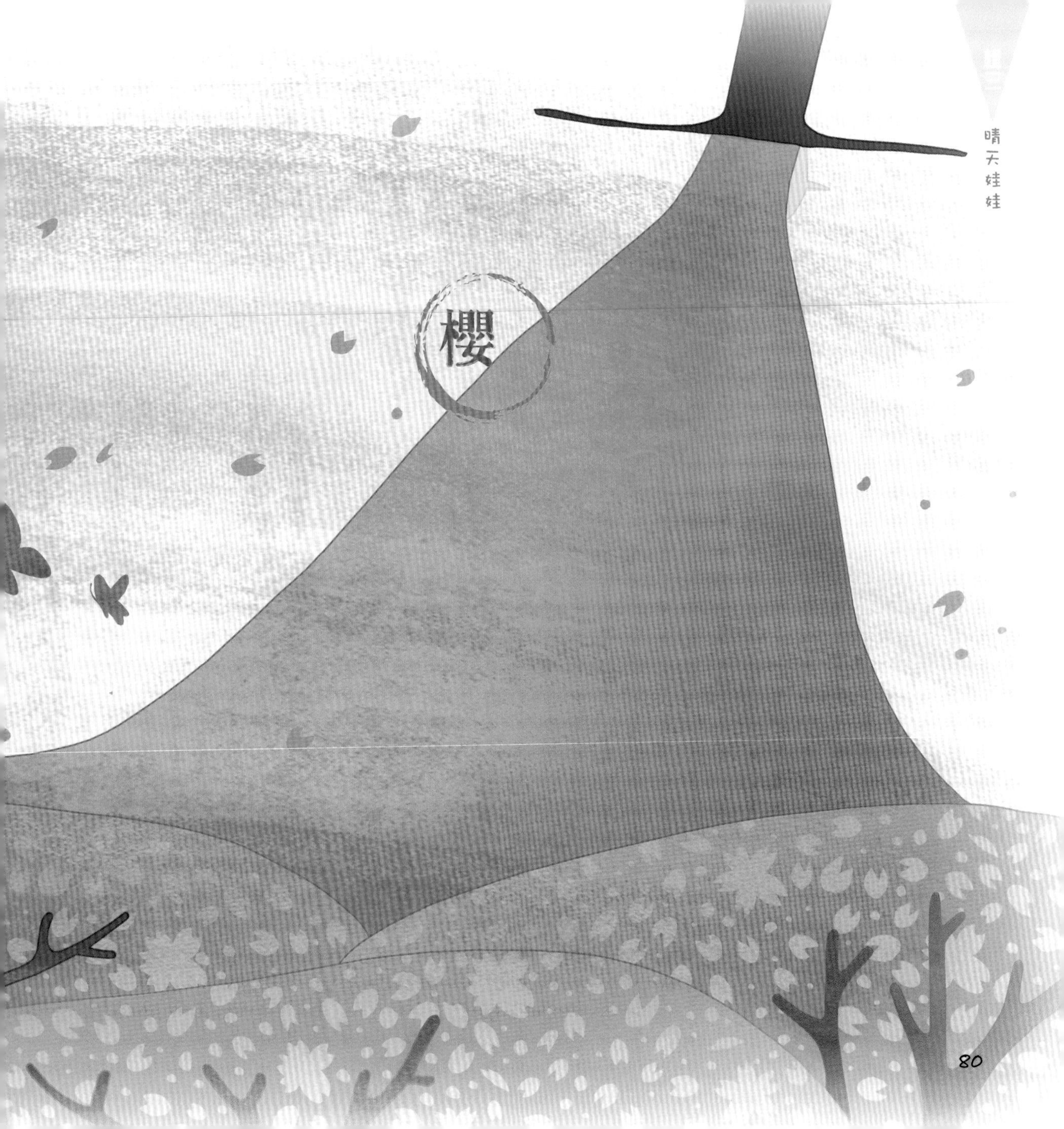
櫻

春天的手輕輕碰觸這棵氣色蒼白的樹
晶瑩剔透的粉色花瓣
如絢麗的煙火般爆炸
炸出許許多多的蜂蜜與蝴蝶
這粉紅炸彈客引來一群遊客
競相圍觀
待最後一片花瓣凋零時
天外忽然飄來一張紙
帶有濃濃果香的紙
上頭寫著
待明年的今日
我將再次引爆這些炸彈煙火
明年會比今年更加華麗
署名
粉紅炸彈客

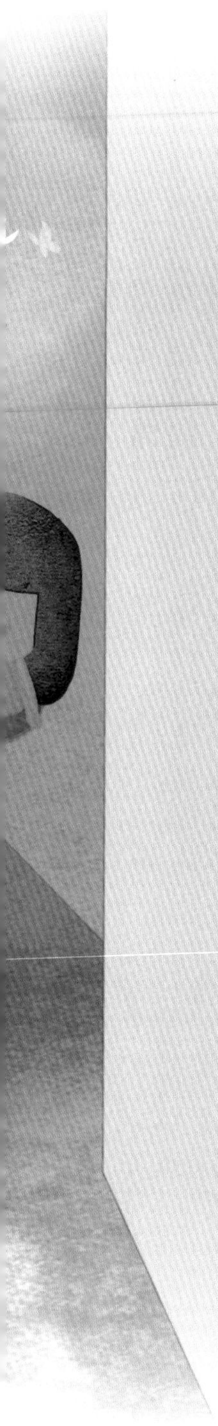

所謂詩人

詩人其實也沒甚麼了不起
他只是比較會觀察而已
他用心向大自然借題
再將想像力轉化為文字
還給大自然
他真的沒有比較厲害
他真的只是會觀察而已

鏡之身

世上你最懂我
我們相似的可怕
我一舉 你也一舉
我一動 你也一動
健忘的老天
忘記賜給你
維持生命的溫度
你偷渡來到人間
我一聲崩潰的怒吼
踏破時間與空間
匡啷
我正視著殘破不堪的我

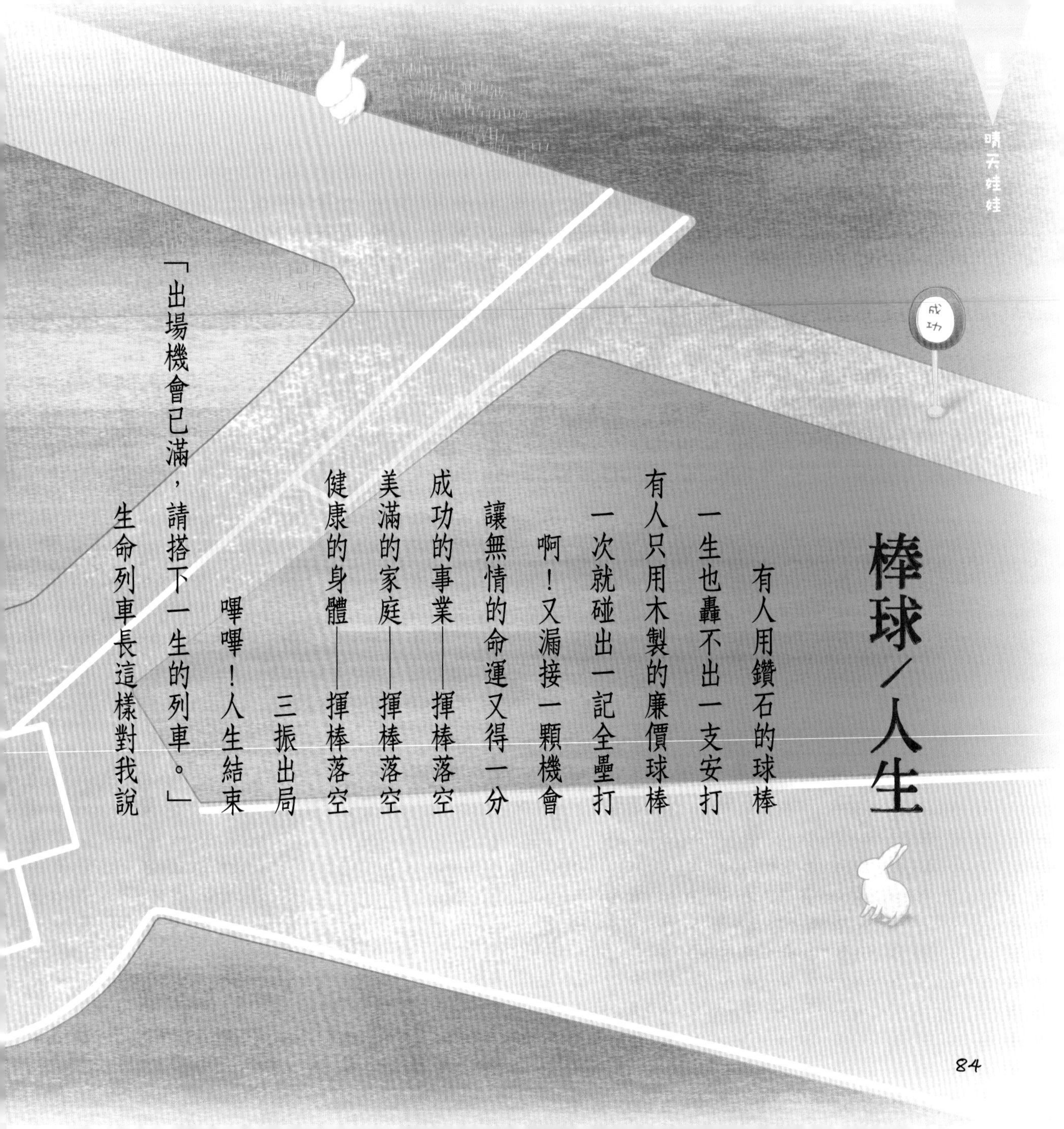

棒球／人生

有人用鑽石的球棒
一生也轟不出一支安打
有人只用木製的廉價球棒
一次就碰出一記全壘打
啊！又漏接一顆機會
讓無情的命運又得一分
成功的事業——揮棒落空
美滿的家庭——揮棒落空
健康的身體——揮棒落空
三振出局
嗶嗶！人生結束
「出場機會已滿，請搭下一生的列車。」
生命列車長這樣對我說

健康

初春

從厚重的泥土中
掙出一絲綠芽
吐露春天的信息
大地不再貪睡
冬天已被一網打盡
不再販售寒冷的毒藥

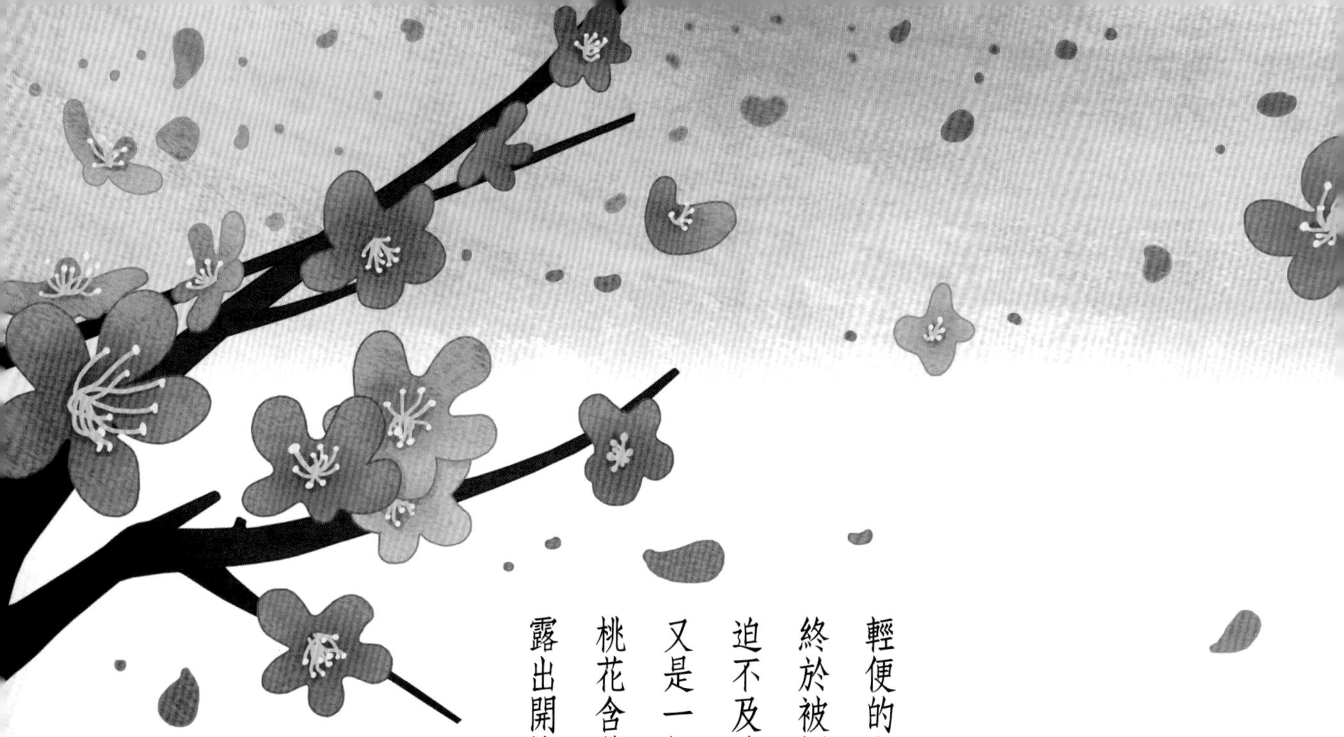

輕便的衣服
終於被解除封印
迫不及待的跳出來聞新鮮的空氣
又是一個使梅花無聊的季節
桃花含蓄的望著她
露出開懷的笑顏

熱

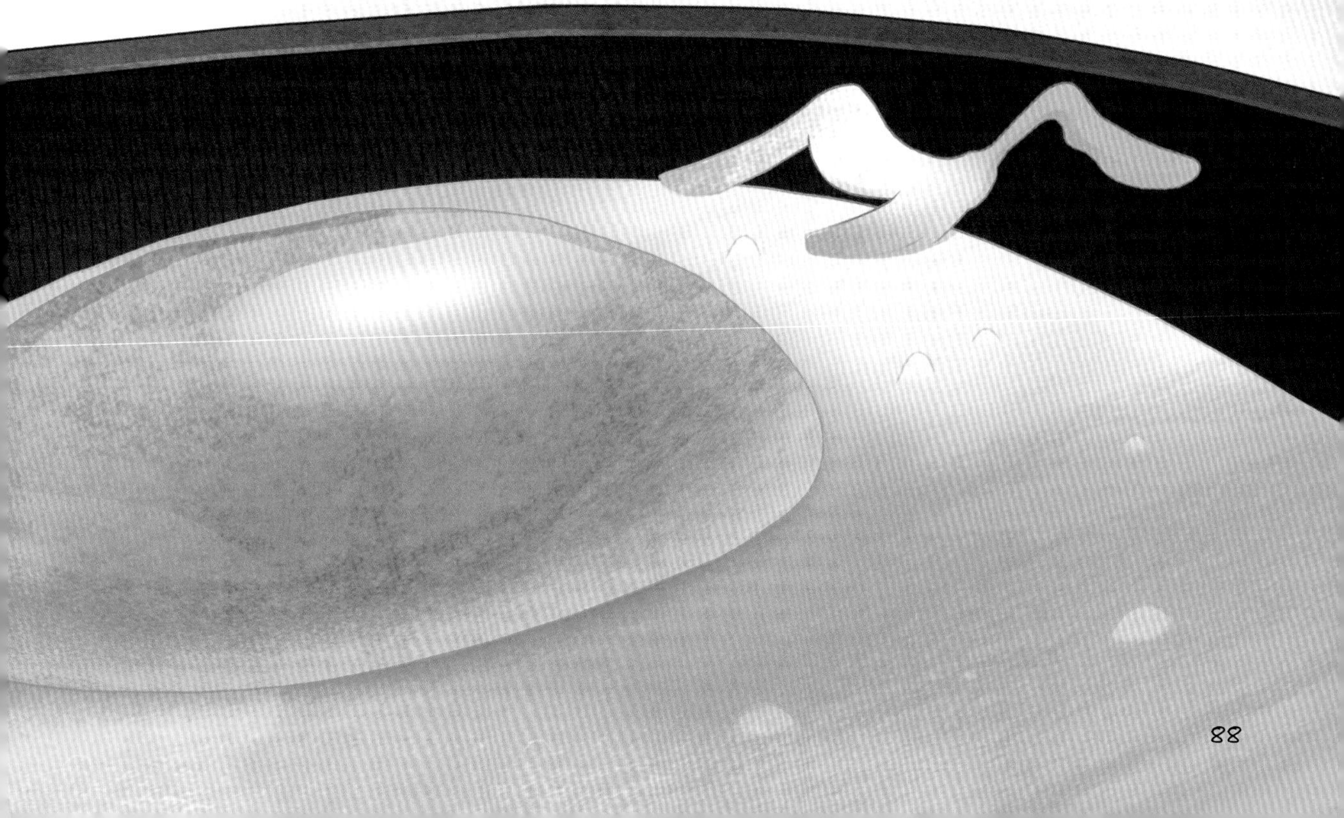

金色的蛋黃
愈來愈成熟
清澈的蛋白
起了化學作用
成了湛藍的天
在平板鍋上烤著
所有鳥兒
就如同蛋白上不斷孳生的泡泡
焦躁的鼓動著翅膀
當震耳欲聾的蟬鳴
劃破蔚藍的天
我知道夏天又再次造訪

秋

人人稱妳為不良少女
火紅的髮
奇形怪狀的指甲
黃色的眼影
妳也是個超現實主義畫家
畫出微涼的溪
著火的森
和尚存一口氣的樹
一切都與現實無關
如此奇妙
如此魔幻
就如人生

冬

冬天是個霸道的皇后
搶走綠樹．嫩草．春水的青春
卻無法使妳永保年輕
妳雪白的長髮布滿了大地
枯瘦的手指從中竄出
空洞的雙眼望著蒼穹
七彩顏色嚇得急忙躲避
只剩下黑白驚魂未定的留在原地
喔！我親愛的皇后
妳和太陽到底發生了甚麼事
讓他掉頭就走
請收拾起妳任性的脾氣
或許可以讓他回心轉意

吸血鬼

長期與黑暗作伴
使你忘記陽光的溫暖
當尖牙刺入人類光滑的喉嚨
人類最後的反抗
是用恐懼的利劍
擲向空洞的你
你的神經
卻早已被魔鬼吞噬
唯有心還是自己的財產
趁它還未被魔鬼奪去之前
嗜血
拭血

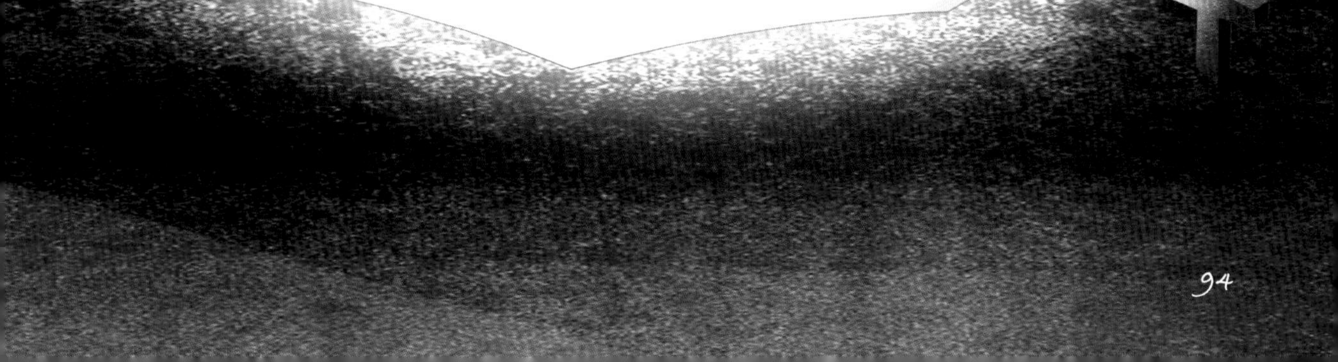

浪

推呀拉呀——
拉呀推呀——
潔白的浪花
推著柔軟的細沙
日以繼夜
夜以繼日
讓沙的別緻
海的豪邁
互相融合
他求的不是別的
只求月兒溫柔的目光
永遠眷顧著他

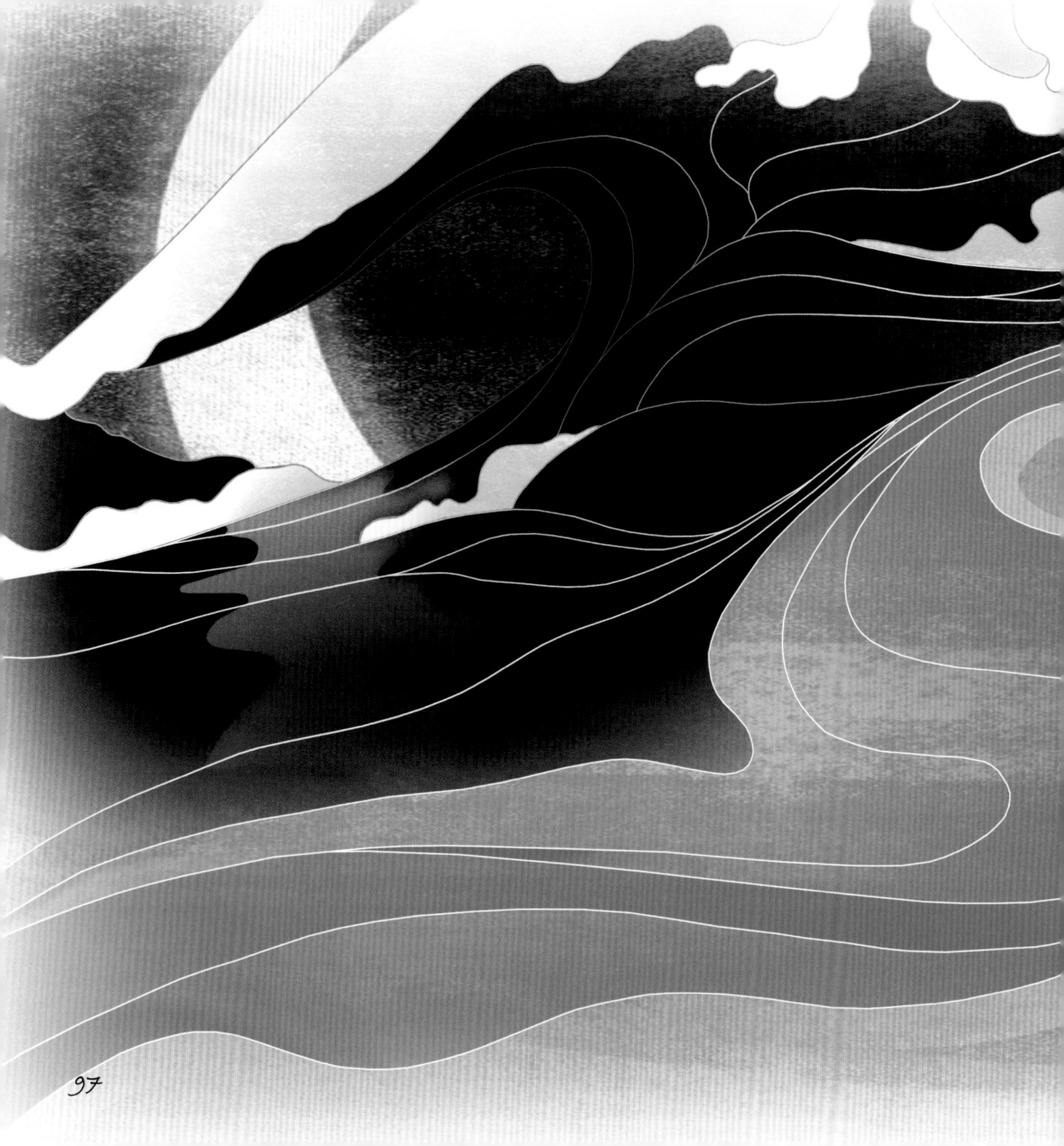

蚊燈

閃爍著幽暗的藍光
冰藍的瞳孔
散發著殺氣
致命的向光性
渴望光的衝動
這是場不被祝福的
死亡之愛
靠近
你可以再靠近一點
碰！
空虛的火花
伴隨著心碎的聲音

幻

叩叩叩
敲敲馬不停蹄的腦
彷彿再轉一秒
便會過熱爆炸
「沒有人在！！」
有個稚嫩的聲音回答我
去那兒了呢？
去充滿魔法的銀河
釣星星了

Repeat

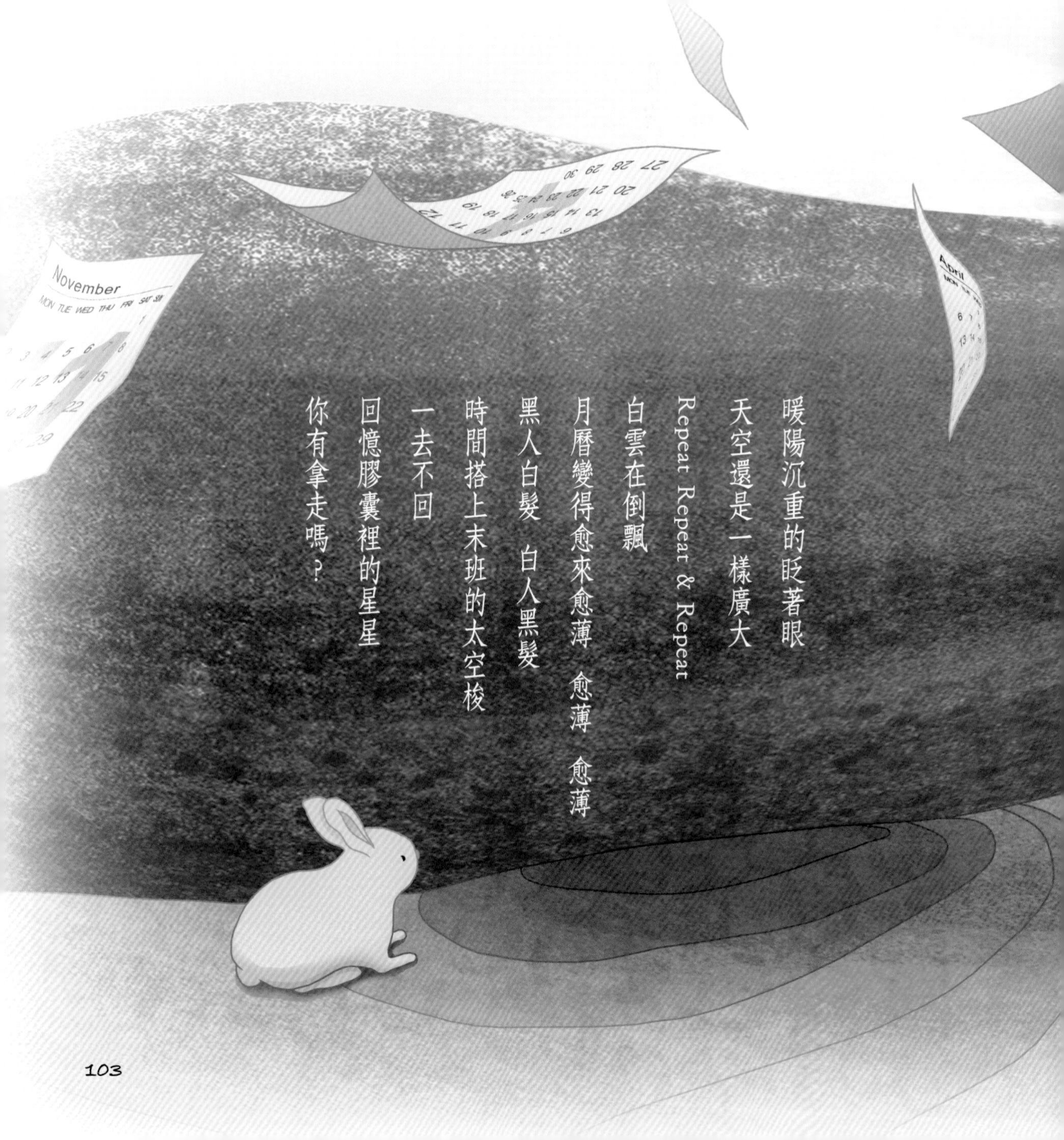

暖陽沉重的眨著眼
天空還是一樣廣大
Repeat Repeat & Repeat
白雲在倒飄
月曆變得愈來愈薄　愈薄　愈薄
黑人白髮　白人黑髮
時間搭上末班的太空梭
一去不回
回憶膠囊裡的星星
你有拿走嗎？

詩物招領

洪唯馨詩集

作　者—洪唯馨
插　畫—管育伶
責任編輯—劉佳倩
校　對—洪唯馨、劉佳倩
美術設計—許紋慈
出版發行—洪偉仁
總 經 銷—時報文化出版企業股份有限公司
10803台北市和平西路三段二四〇號四樓
發行專線—（〇二）二三〇六—六八四二
讀者服務專線—〇八〇〇—二三一—七〇五
讀者服務傳真—（〇二）二三〇四—六八五八
郵撥—一九三四四七二四時報文化出版公司
信箱—台北郵政七九～九九信箱
時報悅讀網—http://www.readingtimes.com.tw
電子郵件信箱—big@readingtimes.com.tw
法律顧問—理律法律事務所　陳長文律師、李念祖律師
印　刷—詠豐印刷股份有限公司
初　版—二〇一四年十二月
定　價—二八〇元

國家圖書館出版品預行編目 (CIP) 資料

詩物招領, 唯馨詩集/洪唯馨作, --初版, --臺北市：洪偉仁出版：時報文化總經銷, 2014.12
面； 公分
ISBN 978-957-43-1809-4 (平裝)

851.486　　103002300